Erich Weinstock wurde im Jahr 1948 in Heilbronn geboren, wo er auch aufwuchs und schon sehr früh, wenn auch unter kärglichen Bedingungen, das Gitarrenspiel erlernte. Im Laufe seines ohne Absicht und Eile vollzogenen Erwachsenwerdens nahm die Gitarre eine ungeahnte Vorzugsstellung ein. Es war ihm vergönnt, mit der Gitarre in mancherlei Stilrichtung und Musizierpraxis einzudringen, ehe in den Sechzigerjahren die Überwältigung durch den potenzierten Gitarrenton stattfand. Der blieb lange im Ohr und in den Händen, bis ein währender Aufenthalt in Nordamerika den Verfasser merkwürdigerweise zur älteren Musik und Dichtung bewog und ihn darin auch konsequent erzog, wozu kräftige Schlüsselerlebnisse ihren Beitrag leisteten.

Nach seiner Rückkehr in die heimische Umwelt ergriffen ihn die Gitarre und ihre Traditionen noch entschiedener, sodaß ihm gar nichts anderes übrigblieb, als sich ihrer Geschichte und ihres Repertoires zu versichern – unter Einbezug ihres eher immateriellen Milieus. Dies ganz und gar außerhalb des Betriebs, also in einer oft widrigen Ausgangslage. Ob sich das Alter ohne das Fehlen der Gitarre und Leier abspielen wird, wie es Horaz für sich erhoffte (carm. 1,31), das scheint noch nicht ausgemacht.

Für Annette und Thomas

Erich Weinstock

# DIE WEISE DER GITARRE

## Verse und Gedanken

www.tredition.de

Verlag: tredition GmbH, Hamburg
ISBN: 978-3-8495-7777-3
Printed in Germany

# Vorwort

Diese Blätter legen Zeugnis ab von einer unverbrüchlichen Schicksalsgemeinschaft mit dem Instrument, die sich letzlich nicht anders als in einer dichterischen Würdigung erfüllen konnte. Dabei wurde die Gitarre wie von selber auf die symbolische Ebene getragen, wo sie unversehens - oder unvermeidlich – zur <u>Apotheose</u> gedieh. Trotz aller Problematik der Aussonderung, der Überhöhung und unbilligen Voreingenommenheit schien der Versuch gerechtfertigt, insofern sich nur so der ungewöhnlichen <u>Sache</u> zum ungewöhnlichen Ausdruck verhelfen ließ. Durch die Konzentration aufs Einzigartige und mittels der strengen Formen sollte zugleich das europäische Ereignis der Musik mit eingefangen werden. Es gibt neuralgische Punkte, von denen aus ein Ganzes begreiflicher wird: Als ein solcher wird die Gitarre behandelt.

Nachdruck liegt auf der Tatsache, daß die Gitarre zu den <u>archaischen,</u> dem Ursprung verbundenen Musikinstrumenten gehört, die auch noch in den Folgegestaltungen, in den historischen Entfaltungen den Ursprung vernehmlich werden lassen. Die Dichtung ordnet denn alles heuristisch dem Anfang zu.

Plötzlich stand auch die Forderung da, den Bogen nicht nur zum abendländischen Altertum, sondern auch zur altertümlichen Wesenheit des <u>Ostens</u> zu schlagen, weshalb auf der Projektionsfläche der Gitarre Ost und West in ihrer eigenartigen Bezogenheit aufeinander erscheinen: Das <u>Symbolon</u>, nicht die Realität, schafft den Zugang zu einem Ganzen. Daß konsequenterweise einige kritische Blicke ins Musikgeschehen unserer Zeit getan werden, muß dem Leser ebenso zugemutet werden wie der Grundgedanke der Darlegungen. Der lautet: Die aus dem Anfang stammende Geschichte der Musik ist schon eine Weile zu Ende gegangen. Gerade deshalb läuft die musikalische Fruchtbarkeit fort und fort ins Bodenlose.

Ob Anfang oder Ende – die Gitarre hat ihren unvergleichlichen Anteil daran. Doch erst am Ende treten die ungeheuren <u>ethischen</u> Ansprüche der Musik, von denen das abendländische wie das östliche Altertum ein tiefes Wissen bergen, noch einmal ins Leben. Und von diesem spröden ethischen Umgang mit dem Instrument, der ein Leben lang währte, wird hier hauptsächlich berichtet und gedichtet.

# DIE WEISE DER GITARRE

„Die Musik antik verstehen, ihr Mysterium spüren,
ihr Ethos erkennen und gestalten, wie es der Grieche
an unserer Stelle in unserer Bedingtheit getan hätte,
das ist, wenn die Antike schon Vorbild sein soll,
ihre einzige Nachfolge, die es für uns gibt."

Richard Benz, Die Stunde der Musik

„Was mir im Sinn liegt, das bezieht sich nicht auf die
Saiten; worauf ich ziele, das bezieht sich nicht auf
die Töne. Solange ich innerlich im Herzen das noch
nicht erreicht, kann ich ihm äußerlich auf dem Instrument noch keinen Ausdruck geben."

Liä Dsi, Das wahre Buch vom quellenden Urgrund

# I. DIE GESCHICHTE DER GITARRE

## Sechs Sonette

## Einleitung

Der Sehnen Sechszahl, über einem Leib von Hyle
in erdgerichteter Begeisterung verspannt,
greift sich aus dem noch ungeteilten Lautgewühle
den Sinnzusammenhang im klanglichen Gewand.
Doch durch den Griff wird nicht nur Klang geborgen, -
es schwingt auch mit ein Gestern und ein Morgen.

## Am Ursprung

An einer anfänglich geleg'nen Stelle
des Menschenwerdens kam es, daß der Klang
aus abgekehrter Sphäre übersprang
und eindrang in der Seele halbe Helle.

Den Musen war zugleich an ihrer Quelle
das stimm'ge Ding verfügt, dem es gelang,
Gefäß zu werden für den tiefen Sang
und Vorbild aller künft'gen Form und Fälle:

Gitarre! Urgestalt des Tongeräts!
In Riß und Art aufs Weibliche bezogen,
beansprucht ihrer Lebensfäden Führung

die beiden Hände unverstellt. Da weht's
durch sie hindurch in wechselvollem Wogen;
und wir entsprechen fühlend der Berührung.

## Spanien

Wandalen sah'n die Hymnenglut der Leiern
verglimmen, abends, überm alten Meer;
dann blieb der Zwischenraum der Töne leer
der Seligkeit, die Saitenandacht bleiern.

Doch unterbrachen dieses Ungefähr
aus hohem Leid gewirkte Lebensfeiern:
Gemächte aus der Harfe und die freiern
Gesänge (heiß vom Kern der Erde her)...

Aus zauberhaften, überschweren Teilen
vollbrachte sich ein Volk in frommer Brunst
und rang; sein unheilbares Weh zu heilen

an der Gitarre, als der letzten Stätte
des Nachhalls einer abgeneigten Gunst.
So reifte und verdorrte die Rosette.

## Suavis Guitarra Sueva

Für Karlheinz Römmich

Fest eingeformt ist es seit Anbeginnen,
daß unser ausgeschweiftes Instrument
den königlichen Tag der Freude kennt,
den wir verwandeln sollen ganz nach innen.

Dies prächtig abzuleisten, ist von hinnen,
denn wenn die Prächtigkeit den Klang belehnt
werden die Wege wieder ausgedehnt...
Gitarre: allerleisestes Besinnen!

Sei, lieber Meister, dies die Fruchtbarkeit:
Dem Corpus hies'gen Odem einzuhauchen
und an dem schön gelung'nen Sinnenbild

rein einzulösen die Vergangenheit,
sodann es in den künft'gen Geist zu tauchen,
bis eine Antwort aus dem Grund uns stillt.

## Absolute Gitarrenmusik

Wir folgen ewig einer Musenskizze,
bewegen munter die Natürlichkeiten;
indem uns Werke durch die Seele gleiten,
wird uns das reiche Erbteil zum Besitze.

Die weltbelebende Gewalt der Blitze
verbinden wir dem vorher ungeweihten
Natur- und Schicksalswerden dieser Breiten,
den Ton gewahrend in der Sehnsucht Hitze.

Zuerst hat die Gitarre eingefangen
den tönenden Bestand und übertragen
das Tönende in Klang. Daher gelangen

mit ihr des Himmels ungelöste Fragen
ans Menschenherz. Hört: wir erfahr'n im Spiel
von unsrer Herkunft, unserm Sein und Ziel!

## Komponieren

Wenn einst ein Mann, begabt mit hohem Bleiben,
noch einmal in der Töne Fundus greift,
um, was da über- oder ungereift,
zu nehmen und ins Saitenspiel zu schreiben,

dann wird <u>sein</u> Ton ins Stillverhalt'ne treiben;
er wird die Weise, die unendlich schweift
(zuletzt noch Massen, Reihen, Flächen häuft),
ganz einfach der Gitarre einverleiben.

Mag auch ein abgezehrtes Leben schwinden, -
das teure Erbe der Vergangenheiten
wird dauern in den duftigen Gebinden

des schöngeringen Instruments. Bereiten
aus dem Vermächtnis wird der Mann ein Fest,
das die Gitarre segnet und entläßt.

## O Gitarre!

Solange die Musik den Menschen liebt,
wird die Gitarre weiter um ihn werben:
Sich wandelnd wird sie ihn mit Klang beerben,
der ihm den Mut zur eignen Wandlung gibt.

Wenn sich auch bald die Menschenform verschiebt,
wenn Fug und Recht der Harmonie verderben,
wird dennoch die Gitarre nicht ganz sterben:
Noch ist ein Keim nicht wirklich ausgesiebt!

Damit die Seele nach der Schöpferstarre
bald wieder möge echte Wege schauen,
ja sicherer auf ihrem Gang beharre,

darf sie sich unverdrossen anvertrauen
dem rüstigen Gedächtnis der Gitarre -
und eine Welt aus alten Trümmern bauen.

## II. WIDMUNGEN

Sechs Sonette

"Whispering in enamoured tone
Sweet oracles of woods and dells..."

Percy Bysshe Shelley, "With a Guitar, to Jane"

## DIE ZUKUNFT DER GITARRE

Dem Virtuosen


"Wir können die Klassiker nur retten, wenn
wir sie zu unserer eigenen Rettung brauchen."

Ortega y Gasset

Das Bleibendgültige scheint ausgedacht: -
Wer's unternimmt, der Töne Hort zu mehren,
wird eher ihre Wesenheit verzehren,
als daß er noch ein Wesentliches macht.

Ein Schöpfungstag, der sich zu End' gebracht
vermittelt seinen Grund an andre Sphären.
Aus ihnen wird sich erst ein Werk gewähren,
in dem mithin ein neuer Sinn erwacht.

Die längst vollendete Musikgestalt
mit reinem Lebensatem zu durchdringen
und ihrem voll vernehmbaren Gehalt

die noch verdeckte Seite abzuringen, -
dazu kam die Gitarre in die Zeit,
dient ihre Welt- und Grundbefindlichkeit.

## DE FIDIBUS IANUARIIS

Dem Duospiel

"utrumque sacro digna silentio
mirantur umbrae dicere..."

Horaz, carm. 2,13

Wenn gar der Gott der Anfänge und Türen,
der Vorgeseh'nes rückwärtsblickend sieht,
die Sache der Gitarre auf sich zieht,
wird dies fraglos an deren Rätsel rühren:

Damit wir ein "Es war" als kommend spüren,
ist es im polyphonen Spiel und Lied
- weil's sonst der eig'nen Wesenheit entflieht -
durch der Rosette Rundportal zu führen!

Der Schatz der Töne, welcher liegt geborgen
vor uns in Einzigkeit und Form und Fug, -
er wäre dann noch einmal zu besorgen

in neuem, erst noch dunklen Grundbezug!
Vielleicht macht die Gitarre offenbar,
daß, was Ergebnis schien, nur Durchgang war.

# DIE "GOLDBERG-VARIATIONEN" ZUR GITARRE

Dem, der's fertigbrachte

Bei allem Ruhm verkannt von dieser Zeit,
im Vielgebrauch nur selten tief vernommen,
hält die Gitarre sich zu einer frommen,
noch unerledigten Mission bereit.

Um den bescheid'nen Glanz <u>der andren Seit'</u>
des Tongebäudes - ehe er verglommen -
fürs Dasein zu fixieren, muß da kommen
ein Mann von glänzender Bescheidenheit:

Nachdem sich seine Könner-, Künstlerpose
geeint hat mit der klingenden Genüge,
ist er sogleich davon beseelt, besessen,

aus großem Erbe noch das letzte Große
dem ungeheuerlichen Sinngefüge
von Seel' und Saitensechsheit zuzumessen.

# DIE TRANSKRIPTION

Dem Übersetzer

"Die Orgeln sind Nachahmungen der Sayteninstrumente."

Novalis

Was der Gitarre niemals war zueigen,
auch nicht im Hinblick auf ihr Wohl erschien,
muß sich zuletzt den neunzehn Bünden beugen, -
jedoch mit unerwartetem Gewinn!

Im Eintritt in den ruhigeren Reigen
erwirkt sich ein entschiedenerer Sinn;
die Lesart der Gitarre wird erzeigen:
Ein Original ist immer nur gelieh'n.

Daher der Übertragung echter Wert:
Sie trägt hinüber in das Ungeteilte.
Das musikalische Gebild erfährt,

wenn wir's aufs Spianato registrieren,
die Heimkehr an den Ort, wo's einstmals weilte.
Im Einen erst ist nichts mehr zu verlieren!

## DER CANTE JONDO

Den Manen des Dichters Garcia Lorca

"Versa est in luctum cithara mea..." Hiob 30,31

"Wenn es eines Dichterherzens bedarf, damit ein Musiker
entsteht, sind dann nicht Poesie und Liebe zum Verstehen der großen musikalischen Werke erforderlich?"

Honoré de Balzac, La Duchesse de Langeais

Wohl ist das Lied ins Leben eingedrungen,
seit seine Erstgeburt der Erde lacht;
doch blieb sein tiefer Sinn noch ungesungen,
weil's keine Neugeburt hat durchgemacht.

Ein Dichter hat sich einmal ausbedungen,
hineinzutauchen in die Schöpfungsnacht,
und hat aus seiner Seele Niederungen
den künft'gen Sinn des Sanges mitgebracht.

Der aber fällt ineins mit der Gitarre!
Seitdem betrifft sein Dichten die sechs Saiten,
die ihn mit sinnerfülltem Schmerz versehen;

und welches Todeslos auch seiner harre, -
es wird ihn die Gitarre hinbegleiten,
aus ihrem Urmund wird er auferstehen.

## DAS HEXACHORDUM APOLLINIS

Dem Baumeister

"...denn die höchste Kunst besteht vielleicht
nur im Bauen von Instrumenten."

Ezra Pound

"Unmöglich ist es mir, dir mit meinen Tönen
zu entgehen."

Liä Dsi

Ein unverwechselbares Instrument
gehört zu deiner wechselhaften Bahn;
vor aller Zeit reift es zu dir heran,
wohl dir, wenn es dich zeitig ruft und kennt!

Du kannst's nicht haben, wenn's ein Wunsch dir nennt,
erstehen wird dir's nicht nach Zwang und Plan;
auch wenn du einen guten Kauf getan,
löst er nicht ein, worauf die Seele brennt.

Was für dich gut ist, weiß der Meister nur!
Er prüft dein Innenleben und befreit
aus dem Geklüft von Typus und Natur

das, was dich wieder mit dir selber eint -
des Kunstwerks Wahr- und Ganz- und Einzelheit.
Seine Gitarre hat bloß dich gemeint!

# III.

## DIE LEHRE DER GITARRE

Ein Haiku-Kompendium


Geist der sechs Saiten:
Wie unterweisest du mich
auf siebzehn Silben!

1. Wir hören eben...


Sinnbilder
Blumen-Anblicke
und Schau der Gitarren-Art -
dafür lebte ich.


Im Erwachen
Wer mißt das Staunen,
daß es die Gitarre gibt
und ihr Hab und Gut!


Das Unbewußte
Eh' ich sie kannte,
bot mir die Gitarre schon
ihr Haus zur Herberge.


Gleich und doch nicht dasselbe
Beehrt und beherrscht
werden die Instrumente, -
geliebt die Gitarr'n.


Paradoxon
Aus Neigung gab ich
der Gitarre den Vorzug,
die mich darum ablehnt.

## Nutzlos
Vergeblicher Geist,
verluderte Lebensmüh',
verweigerter Rang.

## Liebe bringt Leistungsnot
Was du aber liebst,
das gebietet über dich:
Du mußt enttäuschen.

## Nomos der Gitarre
Meine Gitarre
und die große Einsamkeit -
was gebot mir mehr?

## Versagen
Wir erreichen nichts.
Jedes Erreichen nimmt uns
gleich das Erreichte.

## Phasen
Zum Eigenen geht's
mit der Gitarre Geleit
über den Abschied.

## Platonismus
Wir meditieren
die Idee der Gitarre,
um uns abzutun.

### Phänomenologie
Des Geistes Durchgang
durch die Gitarre vertieft,
erhöht aber nicht.

### Anspruchsvoller Schwindel
Das Gutgemachte
täuscht uns über das Gute;
es macht uns nicht gut.

### Wiederkehr des Gleichen
Der ich gewesen,
den gebäre ich erneut
auf der Gitarre.

### Pursuit
Gewiß nicht das Glück,
doch der Stern der Gitarre
war's, was mir nachlief.

### Aufhebungen
Unmöglich scheint mir:
ohne Gitarre zu stehn,
ohn' Opfer zu gehn.

### Nicht zu bewältigen
Virtuosität
fällt leicht; Beseelung indes
macht die Hand scheitern.

## Dennoch
Nur die Hinwendung
zum Seelenbezogenen
richtet den Klang ein.

## Ubi sonus, ibi onus
Ganz unbarmherzig
beschwert mich die Gitarre
mit stummer Trauer.

## Keine Arkana
Ein Weltgebäude
aus den Verständlichkeiten
zerbricht am Jammer.

## Nützlichkeit nützt nichts
Viele Handwerker,
doch kaum noch Mitarbeiter
wirft diese Zeit aus.

## Vorsehung
Das Werden vernehm'
ich aus der Rosette klar,
doch kontrapunktisch.

## Mondo
Dazu bestimmt sein,
mit der inn'ren Gitarre
Gespräch zu halten.

## Kammermusik
In der Kammer ist's,
wo Sucher der Gitarre
vom Weg erfahren.


## Das κεχωρισμενον (Heraklit B 108)
Abgeschiedenheit:
Des Gitarrenspiels Mitte
als auch Medium.


## Medien
Mitte und Mittel
regen das Mittlere an.
Das Unschätzbare darbt.


## Strenge Lehrmeisterin
Nicht: sich ausbilden,
vielmehr: von der Gitarre `
erziehen lassen!


## Qualität
Auf der Gitarre
ist nur das Allerbeste
gut und erträglich.


## Unterschied
Das Klavier spielt stets,
die Gitarre nur unter
günst'ger Witterung.

Caprice
Denn Wetterlage
steht mit den Fingerspitzen
in Wechselwirkung.


Mißstimmung zwischen Gitarre und Leben
Harmonie löst nichts;
sie unterstellt den Menschen
dem Nicht-Menschlichen.


Vertreibung aus dem Paradies
Jede Harmonie
ist doch verspannte Spannung:
Uns wird's nicht leichter.


Durch Musik gesund?
Musik heilt dich nicht.
Wenn du aber tiefecht bist,
vertieft sie dein Leid.


Verlust jeglicher Heimat
Auch die Dissonanz
evoziert nicht Erlösung,
sondern Unterwelt.


Canticum Novum
Neues übers Herz
der Gitarre entnehmen -
das wäre der Weg.

### Wandervogelgitarre als Neubeginn
Sie fand, wagte sich,
setzte sich augenblicklich
über sich hinweg.

### Napoleons Einschätzung der Gitarre (Paris um 1809)
"Glatt und gespalten,
bodenlos, doch mit Gipfeln, -
erobern wir sie!"

### Der Anschlag
Was beginnt, vergeht.
Doch das Tun der rechten Hand
hat andre Absicht.

### Die linke Hand
Verkürzenderweis'
erschließt sie des Saitenspiels
Weite und Breite.

### Abzulegendes
Unwert für immer:
Der Finger Maschinenlauf,
der Klugheit Gered'.

### Fortschritt der Kunst
Wenn das Fleisch verwest,
muß ganz von selbst das Skelett
zum Vorschein kommen.

## Trauriger Kunstrest
Die Beute erlegt,
das Beste ausgewaidet,
die Haut herunter.


## Wir wissen noch gar nichts
Kaum fertiggeformt,
ward die Form aufgerieben
von den Fertigen.


## "Bekannter als Jesus Christus"
Ein Gitarrist war's,
der's von sich behauptete
vor der Gegenwart.


## Auslaugung
Darum sorget euch,
daß dieses Gestell falle:
eure Erprobtheit.


## So oder so: Gitarre
Nicht allein im Lärm,
auch in der Stille werden
Urzustände wach.


## "Manger la guitare"
Jede Notdurft dient;
sie würdigt aber herab;
wird sie souverän.

### Widerwärtige Dialektik
Gitarre: Du seist
Gabe wie Gebrechen,
Hunger im Vollen!


### Dilemma
Nie ohne Musik!
Doch mit ihr entbehren wir,
was ohne sie wirkt.


### Sublimation
Das Liebeswerben
sammelt sich unweigerlich
um des Schallochs Schoß.


### Anwesenheit
Weil sie nicht da ist,
die innere Gitarre,
entweicht sie uns nicht.


### Unauflösliche Gegenwart
In Beethovens Werk,
wo doch die Gitarre fehlt,
weilt sie mittendrin.


### Zum Apeiron!
In der Begrenzung
an den Grenzen verzweifelnd,
singt die Gitarre.

Musik als "Weltsprache"?
Das Universum
bleibt stumm im Einheitlichen,
klingt im Einzigen.


Die Einzigkeit der Gitarre
Projektionsfläche
für den mit dem Einkehr-Pfad
Einsgewordenen.


Depression
Der Seelendruck wächst.
Als Musik steigert er sich
ins Unheimliche.


Vielzuviel Musik! Vielzuviel Gitarre!
Überlasteter
Bauchladen von jedermann;
wie beugt und schwächt er!


So laut, weil so leise
Was grimmig aufschreit, -
leicht kehrt es wieder zurück
zum schweigsamen Leid.


Was hilft?
Ob uns das Trinken
von den Quellen des Klangs
je beleben kann?

## Das Corpus
Wiedergeburten
erfolgen unabdingbar
in neuen Körpern.


## Geist
Nichts ist vollendbar.
Doch treibt die Sachen voran
der Widersacher.


## Die Musik erwarten vielleicht festliche Pflichten
Das Fest hat Vorrang:
Es überragt den Werktag
an Autorität.

2. ...<u>wenn wir den Tönen folgen</u>...


<u>Erinnerung</u>
Älteste Herkunft
hebt ins Gedächtnis hinein
der Gitarrenton.


<u>Ein Polyphem und  sechs tanzende Jungfrauen?</u>
Vom Tonvermächtnis
kennt wohl nur die Gitarre
die Urrhapsodie.


<u>Prima Guitarra</u>
Groß ist der Anfang.
Doch reicht alles weitere
nicht dort hinüber.


<u>Invigilat somnis</u>...
In tausend Träumen
erschien mir die Gitarre
und verletzte mich.


<u>"Kennen Sie eigentlich heitere Musik?"</u>
Beharrlich versagt
mir die Gitarre Wonne,
Trost und Erbauung.

"Ich nicht."
Kaum noch ist Musik
den Lebens-Erhöhungen
zugrundegelegt.


Aus tiefer Not
Das Weisheitliche
und das Gitarrenhafte -
meine Umwege.


Geistiges Gesetz
Unzulänglichkeit:
Ursach' meines Fruchtertrags,
Basis meines Spiels.


Entwerden
Wer die Gitarre
nicht anzufüllen vermag,
wird an sich platter.


In die falschen Hände
Gezeugt irgendwann,
war bloß ein Bürgertum da,
die Tön' zu pflegen.


Der Betrieb
Kreativität:
Nichts spricht gegen noch ein Stück,
noch ein Buch und Bild.

Modernität
Allgebräuchlichkeit:
Die Kunst in den Beruf versetzt,
dann veranstaltet.


Exequien
Die Musik verschwebt
- dabei fehlt's nicht an Tönen -
in ihr Unwesen.


"Brillianz"
Können läßt uns kalt;
allein die Vergeblichkeit
spricht unser Ohr an.


"Hochkarätigkeit"
Glanz ist ein Mangel.
Und wen die Welt bewundert,
der entbehrt Welten.


Verarmung im Reichtum
Jetzt entnervt Musik.
Da bedarf's der Betäubung
zur Ertüchtigung.


Der Star
Aufgezehrtes Ich
durch käufliche Anlagen;
kein Selbst geworden.

Kurzpsychogramm des Stars
Massenähnlichkeit
erlangt nicht Weltgemeinschaft:
Verratene Seel'.


Startum
Sattheit heißt Hunger.
Wer in aller Augen ist,
ist aus aller Sinn.


Bardenklänge
Lobpreis und Lorbeer
sind das Unzureichende;
der Barde lehnt ab.


Flamenco oder Flamencismo?
Je mehr einer hat,
desto unscheinbarer ist
seine Weltwirkung.


Grund und Abgründigkeit der Gitarre
Das Schlichte löst oft
mehr Erleben in uns aus
als das Vollkomm'ne.


Vir bonus chitarae peritus
Was du dir erwirbst
vom Thesaurus des Schlichten,
bleibt ohne Verdienst.

Butsudan
Gitarre: Organ
zur Aufnahme der Wesen;
bewahrender Schrein.


Bruchstück einer Konfession
Läutert sich der Schmerz,
dann rührt er an das Prinzip
der Hervorbringung.


"Die Bezeichnungen richtigstellen"
Der belieb'ge Ton
erhält durch die Gitarre
strenge Bedeutung.


A. Torres
Geniale Maßgab'
arbeitet den Weltlauf um -
vorwärts und rückwärts.


F. Sor
Einst war er mein Gast
und überbrachte dem Haus
Einfalt und Eifer.


Kategorischer Imperativ
Du hast keine Wahl:
Deines Handelns Maxime
ist gitarristisch.

Reines Be-lauschen
Musik ist nur das,
was wir den Saiten antun;
das ist wohl: Selbstheit.


A priori
Ist das Ohr weise,
tönt die geschlag'ne Saite
unübertrefflich.


Verklingen
Ziel des Musik-Wegs
ist sicherlich gerade
eines nicht: Musik.


"Die Eule der Minerva"
Musik ward bewußt,
indem sie hinter uns liegt.
Nie mehr geht's zurück.


"Der große Pan ist tot!"
Auf der Gitarre
fing ich die letzte Nachricht
seines Lebens ein.


Innovation tötet
Die Gegenstände
altern durch Verbesserung.
Jung macht das Altern.

Kunstlose, daher gewaltsame Zeit
Wenn's Mysterium
erlischt, dann geschieht sogleich
Unempfindlichkeit.


Integral
Die Seelenstruktur,
die persönliche Wachheit,
die Gitarrennorm.


Differential
Das Weltgeschehen,
Grundtöne, Oberstimmen,
die Gitarrenform.


Novität ist Folge von Überalterung
Nicht weitermachen
bringt unsre Sache weiter,
nur noch andersgehn.


Blues
Loskauf des Fleisches
von den Lasten der Seele,
das wird nicht gehen.


Jazz
In den Untiefen
des Rausches läßt die Musik
uns plötzlich sitzen.

Pop Music
Überwältigend
als Versprechen, bedrückend
als Formalität.


Heterogen
Anderswoher tönt's:
Rein aus den Eingeweiden,
unwiderstehlich.


Folklore
Den Eingeweiden
gleichgemachte Gefühlswelt.
Wurzelgeflechte.


Triebfeder der Folklore
Der Gitarrenmacht
gleichgemachte Heimaten.
Heimatlosigkeit.


Weltmacht der Gitarre
Durch Unterdrücktheit
ertüchtigt zur Verknechtung
der Instrumente.


Unnennbare Taten der Gitarre
Echtes kommt leise,
Wirkliches bar des Erfolgs,
Klang ohne Namen.

.

### 3. ...nur uns selber zu.


#### Mein Luthier
Daß die Gitarre
zur Mensur der Seele stimmt -
wer hätt' es gedacht!


#### "Der große Ton hat unhörbaren Laut"
Formlos das Corpus,
bodenlos des Leibes Sinn,
undenkbar der Klang.


#### Das Wesen der Gitarre: Klang
Wenn wir ihn zeugen,
hat er uns längst schon gezeugt,
damit wir zeugen.


#### Gitarre als Mittel zum Zweck
Das Hineinlauschen
in das Klang-Reich ermuntert
zum Hinweghören.


#### Kithara und Gitarre
Was jene verbirgt,
das kennen wir durch diese
ein für allemal.

## Laute und Gitarre
Ach!, der Silberton
kann doch nur an Vergang'nes
mahnen und binden.


## Gitarre und Zeitgeist
Selbst das Marterholz
trägt ja nicht hinaus übers
Philistergemüt.


## Unselige Sehnsucht
Die Musik ist fort.
Klang kann nurmehr Nach-Klang sein,
Wurf der Erinn'rung.


## Verstimmung
Klang neigt sich uns zu;
indes die Absicht auf ihn
verlegt ihm den Weg.


## Atonalität
Es geht der Verstand
in die Gitarrenweise
keineswegs über.


## Gelehrtheit
Jedes Begreifen
unterwandert die Musik;
aus Form wird Fasson.

### Später Ertrag
Töne aus dem Stoff
reiner Rationalität...
Nur - sie klingen nicht.

### Neue Musik I
Aus der Zerlegung
ergeben sich leicht Brüche,
kaum je Ganzheiten.

### Neue Musik II
Elementarheit
geht nicht in Einheit über.
Kunst ist unteilbar.

### Neue Musik III
Wenn einmal jeder
begreift, kann, komponiert,
fehlt's an Bedeutung.

### Nur der Klang wird gehört
Töne lassen taub.
Aufhorchen wird die Seele,
wenn du im Klang bist.

### Was der Klang gewährt
Du bist, wie du klingst.
Du bringst hervor, wie du seist.
Du klingst, wie du bist.

Erlösung ist unwahrscheinlich
Klang begehrt Einklang.
Mit den untersten Mitteln
möchte er hinauf.


Nach innen!
Ich spielte hinein
in mich, da wogte der Klang
Über mich hinaus.


Von innen!
Die wahre Weise
ist immer nur zu finden,
nie zu erfinden.


Logik des Klangs
Wie er trägt, belebt,
bindet, moduliert, auflöst,
hat eig'ne Ordnung.


Wer bist du?
Nicht vom Können her
werden die Saiten beseelt; -
Sein nur kann klingen.


Klang-Wirkung
Er faßt zusammen
unsere Erscheinungswelt,
die er nicht enthält.

## Hartes Ideal

Von der Gitarre
und uns will es, was nicht geht:
das Unmögliche.

## Unumgängliche Widersprüche

In den Aufbrüchen
wird Hören zum Gehören
und Klang zur Freiheit.

## Nulla dies sine linea

Lange Entfernung
von Saiten und Registern
schließt das Tor zum Klang.

## Der Weg ging verloren

Die Not der Musik
wird am Einfallstor des Klangs
wieder verständlich.

## Klang hat tragischen Charakter

Er ist Eins-Alles,
doch als Ringen, Mißlingen,
Verweigern, Entzug.

## Identität

Dasselbe ist denn:
Werden und die Gitarre
der Seel' zumuten.

## Metamorphosen
Im Schmerz genesen,
in der Dissonanz klingen,
im Scheitern aufstehn.


## Entweder/oder
Der Ruhm ist ungut:
Er zieht uns in die Räume,
die der Klang nicht füllt.


## Koinzidenz
Extreme Punkte
können zusammenfallen
im Problem des Klangs.


## Evolution des Klangs
Sind wir Mensch genug,
um der Gitarre und Welt
den Weg zu weisen?


## Absolutum
Mit der Gitarre
läßt sich's unbedingt gehen.
Das nenne ich: Klang.


## Was schwer ist
Ich-Übersteigung,
Gegensatz-Anerkennung,
Klang-Hervorbringung.

Weniger Wissenschaft wagen!
Klang ist nicht machbar;
Was machbar ist, hört wohl auf,
dem Klang zu dienen.


Kein Musik-Darwinismus!
Gliederentwicklung,
endloses Begriffsgespinst
enden nicht beim Klang.


Auch kein Ästhetizismus!
Dort, wo es nicht klingt
und die Gitarre nicht ist,
beginnt erst ihr Werk.


Und fort von der Professionalität!
Erst wenn du gänzlich
über der Gitarre lebst,
lebst du ganz im Klang.


Das Gedeihen der Gitarre
In starker Reife
zeitlich weniger werden -
das ist der Klang-Pfad.


Sub specie chitarae
Die Paradigmen
wechseln und wandeln doch nichts.
Sie kommen zu spät.

"…und ohne Gleichnis redete er nicht mit ihnen"
Die Wirklichkeiten
des Sinnbilds am Faßlichen
zurückerobern!


Schicksalhafter Ernst
Ohne Gleichnis-Tat
werden wir nicht bestehen.
Sie trifft ins Ganze.


Ein Wort Clemens Brentanos (variiert)
Schaffen geht jetzt nicht;
wir können nur etwas tun
für die Gitarre.

IV.

## PER ASPERA AD CHITARAM

Will ich mich frisch ans Saitenspiel begeben,
wird mir die Seele schauerlich beschwert, `
der Lust beraubt, der Heiterkeit entleert, -
ein Riß erscheint in meinen Klanggeweben.

Was ich auch tu', um Bess'rung zu erstreben,
ich werd' von sonderbarer Qual verzehrt.
Wie hab' ich das Gelingen doch entbehrt!
Nie wird Musik in mir im Ausgleich schweben!

Durch der Gitarre blei'rne Lebenslenkung
geriet ich in die Macht des Abgesangs,
verfiel der trägen Arbeit der Versenkung...

Wenn keine Aussicht mehr auf Kunst besteht,
erst dann vollziehe ich die Kunst des Klangs
als Auftakt meiner Musikalität.

www.tredition.de

## Über tredition

Der tredition Verlag wurde 2006 in Hamburg gegründet. Seitdem hat tredition Hunderte von Büchern veröffentlicht. Autoren können in wenigen leichten Schritten print-Books, e-Books und audio-Books publizieren. Der Verlag hat das Ziel, die beste und fairste Veröffentlichungsmöglichkeit für Autoren zu bieten.

tredition wurde mit der Erkenntnis gegründet, dass nur etwa jedes 200. bei Verlagen eingereichte Manuskript veröffentlicht wird. Dabei hat jedes Buch seinen Markt, also seine Leser. tredition sorgt dafür, dass für jedes Buch die Leserschaft auch erreicht wird

Autoren können das einzigartige Literatur-Netzwerk von tredition nutzen. Hier bieten zahlreiche Literatur-Partner (das sind Lektoren, Übersetzer, Hörbuchsprecher und Illustratoren) ihre Dienstleistung an, um Manuskripte zu verbessern oder die Vielfalt zu erhöhen. Autoren vereinbaren unabhängig von tredition mit Literatur-Partnern die Konditionen ihrer Zusammenarbeit und können gemeinsam am Erfolg des Buches partizipieren.

Das gesamte Verlagsprogramm von tredition ist bei allen stationären Buchhandlungen und Online-Buchhändlern wie z. B. Amazon erhältlich. e-Books stehen bei den führenden Online-Portalen (z.B. iBookstore von Apple) zum Verkauf.

Seit 2009 bietet tredition sein Verlagskonzept auch als sogenanntes "White-Label" an. Das bedeutet, dass andere Personen oder Institutionen risikofrei und unkompliziert selbst zum Herausgeber von Büchern und Buchreihen unter eigener Marke werden können.

Mittlerweile zählen zahlreiche renommierte Unternehmen, Zeitschriften-, Zeitungs- und Buchverlage, Universitäten, Forschungseinrichtungen, Unternehmensberatungen zu den Kunden von tredition. Unter www.tredition-corporate.de bietet tredition vielfältige weitere Verlagsleistungen speziell für Geschäftskunden an.

tredition wurde mit mehreren Innovationspreisen ausgezeichnet, u.a. Webfuture Award und Innovationspreis der Buch-Digitale.

tredition ist Mitglied im Börsenverein des Deutschen Buchhandels

Zeitfracht Medien GmbH
Ferdinand-Jühlke-Straße 7
99095 Erfurt, Deutschland
produktsicherheit@kolibri360.de